AF602325

ÉPITRE AUX AMATEURS DE POLITIQUE.

PAR De Caze (DE PROVENCE).

PRIX : 2 FR.

A PARIS,
Chez Demonville, Imprimeur-Libraire,
rue Christine, n° 2.

M DCCC XXV.

ÉPITRE
AUX AMATEURS
de politique.

PAR De Caze (DE PROVENCE).

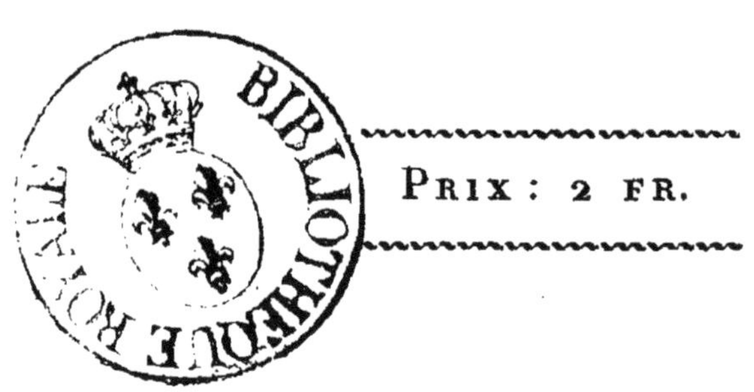

PRIX : 2 FR.

A PARIS,

Chez Demonville, Imprimeur-Libraire, rue Christine, n° 2.

M DCCC XXV.

Se trouve aussi

Chez tous les Marchands de Nouveautés.

AVANT-PROPOS.

Si je n'avais craint de paraître ridicule aux yeux des lecteurs en donnant le nom d'Épître à une pièce de seize à dix-huit cents vers, je ne me serais point arrêté au moment où ma narration allait présenter quelques traits neufs et quelques développemens qui, j'ose le croire, auraient intéressé tous ceux qui tiennent à la gloire de la France. Le fragment que j'en détache ne peut remplir leur attente; ils n'y trouveront que ce que mille écrivains ont dit avant moi, et que l'expérience, la plus irrécusable des preuves, leur confirme tous les jours. Aussi n'est-ce que par manière d'introduction que je la leur présente. J'avais eu d'abord l'idée de la supprimer, pour voler au développement d'un système capable, si je ne me trompe, de saper les fondemens du temple infernal qu'elle décrit ; c'est ce qui m'en a empêché. Mais tel qu'un voyageur défiant sonde les bords d'une rivière avant de s'abandonner à son courant, je livre au public cette partie de mon travail, prêt à continuer s'il l'accueille avec bienveillance.

ÉPITRE PREMIÈRE
AUX AMATEURS
DE POLITIQUE.

O vous, heureux oisifs, dont l'humeur politique,
Circule de la Grèce au fond de l'Amérique;
Vous dont les intérêts, à l'envi se froissant,
Enchaînent Bolivard ou brisent le Croissant:
C'est pour vous qu'aujourd'hui je remonte ma lyre.
Non que sans m'émouvoir affectant le délire,
Je vienne sur un ton à vous épouvanter
Décliner les héros qu'elle est prête à vanter;
Aux modernes Breboeuf j'abandonne ce zèle;
Vous ne verrez en moi qu'un narrateur fidèle,
Dont l'unique désir est de vous faire part
D'un colloque..... Au surplus je le dois au hasard.
Hier l'esprit troublé du tracas de la ville,
J'allai respirer l'air du charmant Belleville.
Déjà de ses bosquets les replis tortueux,
Modérant de mes pas le cours impétueux,
J'arrivai près d'un site où l'aimable nature,
Etalait à mes yeux sa naissante parure.
Tout riait, tout plaisait dans ce site enchanteur!
Ah! quelle occasion pour un verbeux auteur,

Qui souvent sur son lit cloué par la colique,
Prête à tous ses bergers sa voix mélancolique,
Et d'un ton glacial exaltant ses désirs,
S'élance pour rimer dans la mer des plaisirs,
Des rigueurs de l'amour, des tourmens de l'absence,
Des sermens violés, des pleurs de l'inconstance,
Et de ces lieux communs qu'un auteur langoureux
Classe complaisamment dans son code amoureux;
Sans penser qu'un lecteur bouillant d'impatience,
Maudit à chaque trait sa stérile abondance;
A son texte égaré le rappelle vingt fois,
Et froisse de dépit son livre entre ses doigts.

Mais moi, dont le cœur simple et le faible génie
N'ont jamais ressenti cette docte manie,
Je vais droit à mon but, et dirai sans façon
Qu'à peine mollement couché sur le gazon,
De l'aimable printemps j'admirais les merveilles,
Qu'un bruit confus de voix vint frapper mes oreilles.
Je me lève, j'écoute, et mes yeux effrayés
Parcourent des bosquets tous les chemins frayés;
Je n'entrevois personne, et le bruit continue;
A travers le taillis enfin une avenue,
Me montre trois quidams à moi venant tout droit.
Leur aspect néanmoins dissipa mon effroi,
Bien plus que ces transports que l'on nomme courage,
Car ils étaient sans arme et puis d'un certain âge;
Outre que leurs habits sans être des plus frais,
Témoignaient que de neufs ils feraient bien les frais.

Leur conversation, toujours pleine de force,
Devint pour tout mon être une terrible amorce ;
Je grillais de savoir ce que ces trois causeurs,
(Car ils paraissaient tous d'excellens beaux diseurs)
Pouvaient si chaudement soutenir et combattre.
Enfin sur le gazon je les vis tous s'ébattre,
A l'envers du taillis : et l'épaisseur du bois,
S'il me cachait leurs traits, m'abandonnait leurs voix :
C'était l'essentiel, et j'ouvrais une oreille !
Jamais Arcadien n'en dressa de pareille.
Dès qu'ils se sont placés, mes interlocuteurs,
Reprennent leurs débats : Un moment, chers lecteurs,
Ici la thèse change, et ma muse comique,
Va suivre en ses détours l'obscure politique;
Ainsi laissant à part les bois et le gazon,
Il faut monter ma lyre au plein diapazon.
Cependant pour chanter avec plus de méthode,
Et rendre ma musique à goûter plus commode,
Voulez-vous qu'à vos yeux mes argumentateurs,
Sur la scène rangés deviennent des acteurs,
Et que sans rien changer à leur propre langage,
Vous puissiez mieux juger de chaque personnage ?
Qu'en pensez-vous ? Ce plan me paraît assez bon,
Je l'adopte, et de plus je leur assigne un nom ;
Eh ! pourquoi pas ? Un nom dans le siècle où nous sommes,
Ne saurait suppléer au mérite des hommes.
Ainsi l'un est Damon, le second Lycidas,
Le dernier..... Pour rimer j'allais dire Judas ;

Mais n'allons pas toucher à la Sainte Ecriture,
Sous peine d'exciter quelque pieux murmure.
Quoique sans, après moi, traîner l'impiété,
J'eusse dit qu'un fléau de la société,
Un ours, qui pour lui seul, trahirait sa patrie,
Pouvait porter le nom du traître de Syrie.
Mais soit; affublons-le d'un moins indigne nom,
Et sans plus discourir, qu'il se nomme Cléon.
Que de Cléons, grand Dieu, je pourrais mettre en scène,
Leur tourbe couvrirait les deux bords de la Seine!
Mais, chut, lecteurs, un seul va paraître à vos yeux,
Accordez à son guide un accueil gracieux.

CLÉON.

Ne plaisantez-vous pas! Croyez-vous que la guerre,
Va déployer encor sa rage sur la terre?

DAMON.

C'est là mon sentiment, je vous l'ai déjà dit,
Et depuis bien long-temps je vous l'avais prédit.

CLÉON.

Il est vrai; mais au point où l'Europe est venue,
Je traitais vos calculs de vision cornue:
Car, comment présumer qu'avant la fin de l'an,
La guerre.....

LYCIDAS.

Et le congrès qu'on assemble à Milan,
Croyez-vous qu'il n'ait lieu que pour chanter la messe?
De la Sainte Alliance où serait la promesse,
Si de l'hérédité, ce puissant boulevard,

N'arrêtait les excès du traître Bolivard ?
Il faut que son supplice épouvante la terre !

DAMON.

Oui, mais il faut alors rompre avec l'Angleterre;
Car elle le protège.

LYCIDAS.

O ciel! Monsieur Damon,
Elle protègerait ce furieux démon !
Quoi ! l'asile sacré de nos rois légitimes ;
Celle qui de nos maux accueillit les victimes !
Celle qui le front calme et le regard serein,
Refusa de fléchir sous le sceptre d'airain ,
Qu'un despote orgueilleux, sorti de la poussière,
Etendoit sur les Rois foulés dans sa carrière ;
Voudrait contre sa gloire échangeant le mépris ,
Des trônes renversés partager les débris !
Non, non! Je ne puis croire à cette calomnie,
La vertu sert l'honneur, jamais l'ignominie.

DAMON.

Et comment nommez-vous certains traités secrets
Que viennent d'éventer des journaux indiscrets ?
Ont-ils été dictés par la Sainte Alliance ?
Sont-ils de nouveaux droits à notre confiance ?
Veuillez nous l'expliquer.

LYCIDAS.

Ah! Monsieur, pour cela
Il faudrait avoir lu ces balivernes-là ;
Me croyez-vous assez dépourvu de cervelle,

Que d'aller parcourir chaque papier-nouvelle ?
Je n'en lis qu'un, un seul qui soit digne de moi,
Il m'a toujours montré l'Anglais de bonne foi.
Voilà mon sentiment.

DAMON.

La foi de l'Angleterre!
Vous sortez donc, Monsieur, du centre de la terre?
Où diable avez-vous vu que ce Gouvernement
Ait jamais respecté le plus petit serment!
Et n'est ce pas toujours de cette odieuse île,
Que sortent la discorde et la guerre civile ?
Mille témoins sont là prêts à l'en accuser,
Et je vous fais défi d'oser les récuser.

LYCIDAS.

En descendant si bas j'outragerais sa gloire,
Et de ses seuls bienfaits je garde la mémoire.

DAMON.

Connaissez-vous le prix de si rares bienfaits,
Et vous souvenez-vous que vous êtes Français ?

LYCIDAS.

Trente ans je l'ai prouvé par d'amers sacrifices.

DAMON.

Vous l'eussiez bien mieux fait par trente ans de services.

LYCIDAS.

D'un sujet dévoué j'ai rempli le devoir.

DAMON.

Le devoir!....

CLÉON.

Eh! Messieurs, pourquoi vous émouvoir?

Pourquoi toujours fouiller dans l'histoire ancienne,
Et vouloir follement que temps passé revienne?
Vers sa source un torrent ne rétrograde pas,
Et malgré nous le siècle ira toujours son pas.
Imitez bien plutôt notre affable Monarque,
Oubliez le passé : voilà l'unique marque,
La plus belle du zèle et de l'attachement,
Qu'il mérite si bien dans cet heureux moment.
Sur son auguste front brille encor l'huile sainte.
Que vos cœurs réunis lui forment une enceinte;
Attendez ses faveurs : pour moi qu'aucun haut fait,
Ne met, ainsi que vous, en ligne d'un bienfait,
Je n'adresse au Seigneur que l'unique prière,
De me laisser en paix terminer ma carrière;
Le trouble est à mes yeux le plus grand des malheurs.
Ah! que j'ai ressenti de cruelles douleurs,
Mon cher Monsieur Damon, quand tantôt votre bouche
Semblait ressusciter cette guerre farouche;
Ce monstre ivre de sang, dont les affreux autels
Sont construits des débris des malheureux mortels!
Mais de grâce, achevez d'épouvanter mon âme;
Sommes-nous menacés du fer et de la flamme,
En êtes-vous bien sûr? Parlez-moi sans détour,
Pour moi, vers le bonheur n'est-il plus de retour?

LYCIDAS.

Chassez, mon cher Cléon, la peur qui vous travaille,
Vous n'entendrez jamais le bruit de la mitraille.

CLÉON.

S'il était vrai !

LYCIDAS.

Sans doute, et l'illustre congrès
Saura de la révolte arrêter les progrès ;
Ce ne sera pas long : une seule campagne,
Et le Pérou revient sous le joug de l'Espagne.
Qu'est-ce qu'un ramassis d'infâmes révoltés,
Sans armes, sans argent, des chefs sans volontés,
De basse extraction, privés d'expérience,
Luttant contre le sort sans nulle confiance,
Et sous la main des lois.

DAMON.

Oh ! vous avez raison,
Ils sont tous convaincus de haute-trahison ;
La sentence est portée, il reste peu de chose,
C'est de l'exécuter ; mais personne ne l'ose.

LYCIDAS.

On l'osera.

DAMON.

Bon Dieu, de quel siècle êtes-vous,
Pour vous nourrir ainsi d'un stérile courroux.
Ouvrez les yeux ; jetez un regard impassible
Sur l'empire du temps ; dites s'il est possible
D'opposer une digue au cours impétueux
D'un torrent devenu fleuve majestueux ;
D'un fleuve dont le lit creusé par le civisme,
Est pavé des débris de l'affreux despotisme.

Oui, nous verrons encor la guerre au front d'airain,
Reporter la terreur à plus d'un Souverain;
Mais ne vous flattez pas de l'espoir chimérique
De l'entendre tonner aux bords de l'Amérique;
Il n'est plus temps, vous dis-je, et c'est dans nos climats,
Qu'elle doit s'élancer du séjour des frimas.

LYCIDAS.

De la Russie!

DAMON.

Eh quoi! ce nom-là vous étonne!
Et de par l'Angleterre!

LYCIDAS.

Oh! Dieu me le pardonne,
Vous êtes fou, mon cher; à moins d'extravaguer,
Peut-on, je le demande, à ce point divaguer.
Alexandre viendrait nous déclarer la guerre;
Et ce, pour satisfaire au vœu de l'Angleterre!
Ah! je croirai plutôt qu'on a vu deux soleils,
Que de prêter l'oreille à des propos pareils.

CLÉON.

Cher Monsieur Lycidas vous parlez comme un livre,
Et d'un fardeau bien lourd votre appui me délivre.
Comment croire, en effet, qu'un Prince doux, humain,
Que toujours la prudence a conduit par la main.....

LYCIDAS.

Un héros! créateur de la Sainte Alliance,
Voulut de ses amis trahir la confiance!
Fi! fi! Monsieur Damon, un semblable discours

Parmi les gens sensés ne saurait avoir cours ;
Et si je n'etais sûr de votre caractère,
Je le croirais le fruit d'un coupable mystère.

DAMON.

Allons, Messieurs, courage, et d'un si noble élan
Jetez quelqu'étincelle au congrès de Milan ;
Pour dompter le nouveau, dépeuplez le vieux Monde !
Les vaisseaux d'Albion sont prêts à braver l'onde ;
Le Russe, le Français, et jusqu'au froid Germain,
Brûlent de parcourir ce glorieux chemin :
Que le grand Wellington, si cher à la victoire,
Ajoute ce triomphe à l'éclat de sa gloire ;
Et tel qu'Achille oisif, en attendant le vent,
Qu'il parcoure en vainqueur les sirtes du Levant.
Eh ! Messieurs, se peut-il que des gens raisonnables,
Chérissent des erreurs aussi peu pardonnables ?
Contre l'expérience est-il d'autres recours,
Que de s'abandonner doucement à son cours ;
Et quel homme aujourd'hui si neuf en politique,
Peut croire que l'Europe abattra l'Amérique ?
Et qui ne sache enfin que ces loyaux Anglais,
Sur lesquels vous jetez de si brillans reflets,
N'ont pu consolider leur grandeur colossale,
Qu'en poussant à leur gré l'humeur continentale.
Oui, ce nouveau Titan, ce géant orgueilleux,
Qui lève dans son île un front si sourcilleux,
Qui foule sous ses pieds l'autel de la Fortune,
Le coffre de Crésus et le char de Neptune ;

Ce géant, dont les bras tendus sur l'univers
Pressent les habitans de cent climats divers,
S'engraisse des excès de nos guerres civiles,
Et des sanglans débris de nos plus belles villes.
Ah! si l'Europe un jour sortant de sa stupeur,
Jetait sur ce colosse un regard scrutateur......

LYCIDAS.

Elle pourrait alors, par une sainte ligue,
A tant d'ambition opposer une digue,
Et lui porter un coup, au moins aussi fatal,
Que celui du fameux blocus continental.
Ah! je ris de pitié rien que de vous entendre.

DAMON.

Pourtant, je ne suis pas difficile à comprendre.

LYCIDAS.

Oui, surtout en parlant des hostiles projets
Qui, du Czar contre nous vont armer les sujets.

CLÉON.

Ah! Messieurs, reprenons cette grande matière,
Afin que ma frayeur ou passe ou soit entière.

LYCIDAS.

Pour votre cher repos n'ayez aucun effroi,
Tout ce que dit Monsieur n'y fait ni chaud ni froid.

DAMON.

Un esprit prévenu, Monsieur, comme le vôtre,
N'en croirait même pas les actes d'un apôtre.
Quoi qu'il en soit, pourtant, je veux bien par pitié
De votre aveuglement, dissiper la moitié;

Car ce serait en vain que la plus vive flamme
Tenterait d'éclairer les erreurs de votre âme.
Bien aveugle est celui qui refuse de voir,
Mais enfin en parlant j'aurai fait mon devoir.

Vous pensez, dites-vous, que l'Europe alarmée,
Sur les bords du Pérou va fondre à main armée,
Et que le vaste plan de ce noble projet,
Du congrès de Milan est l'unique sujet.
Je crois vous avoir dit que loin de ma pensée
J'ai toujours repoussé cette attaque insensée;
Non que je veuille ici, prostituant ma voix,
De la rébellion consacrer les exploits:
Je blâme tout sujet dont la main sacrilége,
Des droits du Souverain sape le privilége,
Mais je condamne aussi le cruel Souverain,
Qui le fait expirer sous un sceptre d'airain.
Le temps est déjà loin où la mère-patrie,
Aurait pu relever sa majesté flétrie;
Quand on veut ramener des sujets égarés,
Et surtout par les mers du trône séparés,
Au lieu de repousser leur requête plaintive,
Il leur faut accorder une oreille attentive,
Et punir les excès des affreux vice-rois,
Qui du seul intérêt reconnaissent la voix.
Que si des malveillans les trames criminelles
Tentent d'envelopper des provinces fidèles;
Si l'affreuse Discorde agitant ses flambeaux,
Veut du pouvoir suprême embraser les lambeaux;

C'est alors qu'un Monarque armé de sa justice,
De quelques malfaiteurs peut hâter le supplice,
Et joignant la clémence à la sévérité,
Ramener l'imprudence à son autorité ;
Mais qu'il n'attende pas pour montrer son courage,
Que tout soit submergé par les flots de l'orage,
Et que l'ambition d'un voisin captieux,
Leur ait creusé dans l'ombre un lit séditieux.
Vainement secouant sa longue léthargie,
Prétendrait-il alors déployer l'énergie ;
Bien loin de le franchir, il verrait ses efforts,
Se consumer sans même approcher de ses bords.
J'ai donc lieu de penser que l'Europe éclairée,
Délaisse une entreprise aussi désespérée,
Et qu'enfin sur les Grecs jetant un souvenir,
Elle veut préparer leur brillant avenir.
Que d'intérêts divers! que d'obscures intrigues,
De ce fameux congrès vont signaler les brigues!
Alexandre, fidèle à ses engagemens,
Veut de la royauté jeter les fondemens,
Et captivant des Grecs le cœur et le suffrage,
Leur imposer un Roi, son personnel ouvrage.
On ajoute de plus, que ce fier protecteur
Des droits des conquérans, zélé conservateur,
Veut que ce Roi, pour prix du sceptre monarchique,
Honore d'un tribut le pal asiatique.
L'Angleterre, au contraire, observe avec fierté,
Que les Grecs de leur sang paient leur liberté ;

Et que ce droit sacré, transmis par la nature,
Ne saurait s'allier au mot de forfaiture.
De quel titre aujourd'hui prétend-on se servir,
Pour oser dire aux Grecs, je viens vous asservir,
Pourrait-elle ajouter; est-il une puissance
Qui leur ait accordé la plus faible assistance,
Quand leur généreux sang coulant à gros bouillons
D'un despote irrité noyait les bataillons?
Quand des feux de Chio la vapeur effroyable,
Signalait la fureur du Turc impitoyable;
Quand le cri de la mort emplissant l'univers,
L'appelait à venger leurs droits et leurs revers;
Un seul cri de pitié, dans ce moment terrible,
A-t-il été l'écho de cet appel horrible?
Un seul bras, excité par l'accent du malheur,
Osa-t-il lui prêter son utile valeur?
Non! tout resta muet; soit crainte ou déférence,
L'Europe ne montra que de l'indifférence;
Et les malheureux Grecs de leurs cris isolés
L'appelant vainement sur leurs bords désolés,
Pour repousser les coups de leurs barbares maîtres,
Se firent un rempart des os de leurs ancêtres,
Et pour drapeau, de Tell arborèrent le dard;
La victoire, fidèle à ce noble étendard,
Couvrit de ses rayons leur audace guerrière,
Et de la liberté leur montra la carrière:
Ils ont vaincu; l'honneur a reconquis les droits,
Qu'étouffèrent jadis des conquérans adroits,

Les fers tombés sur eux d'une forge divine,
Couvrent de leurs débris les champs de Salamine;
Du fourbe Mahomet les successeurs troublés,
Ont vu périr sans fruit leurs efforts redoublés,
A l'ombre des remparts leur impuissant courage,
Craint de tourner les yeux sur les champs du carnage,
Et la Grèce affranchie admire ses guerriers,
Replaçant sur son front ses antiques lauriers.
Et c'est lorsque son nom, tracé par la Victoire,
Reprend d'autorité sa place dans l'histoire;
C'est lorsqu'elle remonte au rang des nations,
Qu'on voudrait l'immoler à d'autres passions;
Et de son plus beau droit forçant le sacrifice,
De son gouvernement lui tracer l'édifice?
Non! la Grèce ne doit qu'à ses nobles efforts,
L'honneur d'avoir chassé les tyrans de ses bords.
Elle seule peut donc, pour prix de son courage,
Achever de ses lois le politique ouvrage.
  C'est ainsi que l'Anglais dans ses raffinemens,
Affectant pour les Grecs de loyaux sentimens,
Sous le voile sacré de la pudeur publique,
De ses obscurs desseins cache la marche oblique.
N'en doutez pas, Messieurs, la générosité,
Le droit des nations ou l'animosité,
De ce Gouvernement ne règlent point la marche;
L'égoïsme préside à sa moindre démarche;
Instruit, par le passé, qu'il ne peut maintenant
Combattre corps à corps avec le continent;

Qu'il lui faut renoncer au rang des puissans princes
Qui règlent les destins de ses vastes provinces :
Tel qu'un rusé serpent dans les bois embusqué,
Craignant au moindre bruit d'en être débusqué,
En cercles écailleux roule son corps flexible,
De ce retranchement montre sa tête horrible,
Renfle son col difforme, agite ses trois dards,
Et promène partout ses inquiets regards,
Toujours prêt à saisir de son souffle perfide,
L'imprudente colombe, ou le lièvre timide :
Ou tel qu'un usurier dont la plume de fer,
Entassant les calculs que lui dicte l'enfer,
Apostille en secret la liste épouvantable
Des fils de la chicane à l'humeur intraitable,
De ces plaideurs outrés, amoureux du discord,
Que jamais n'attendrit la voix du doux accord ;
De ces affreux joueurs qui trouvent leur supplice
Dans l'attrait que poursuit leur prodigue avarice ;
De ces puissans du jour par l'exemple entraînés
Dans l'abîme sans fonds des plaisirs effrénés :
Il compte en tressaillant cet or irrésistible,
Qui ne trouva jamais de cœur incorruptible ;
C'est lui qui doit gagner l'avocat du plaideur,
Du joueur insensé l'infâme recéleur,
Et le fourbe intendant du fils de la fortune.
Vainement l'indigence à la vue importune,
La vertu, le mérite et l'honneur aux abois,
Porteraient jusqu'à lui leurs déchirantes voix,

Aveugle, sourd, muet à leur pressant langage,
Le gain seul de ses sens peut lui rendre l'usage,
L'intérêt sur ses pas l'entraîne par la main,
En lui disant que l'or régit le genre humain.
Tel l'Anglais dont souvent on vanta la noblesse,
Instruit, sans la montrer, de sa propre faiblesse;
Par le temps repoussé dans les épais roseaux,
Autour de lui sortant de l'abîme des eaux;
Certain qu'il ne nourrit sa fière indépendance,
Que de sa politique et de notre imprudence,
Dans le centre bourbeux d'une obscure cité,
Fit élever un temple à la Duplicité.
Près de l'autel impur de la fourbe déesse,
Est un vaste foyer qu'alimente sans cesse,
L'épouvantable amas des fastueux débris,
De son frivole orgueil inévitable prix,
Là, traînent confondus la couronne de France,
Qu'un cœur dénaturé surprit à la démence;
Le bûcher, qui de Jeanne illustrant le malheur,
Délivra ses bourreaux du poids de sa valeur;
Des héros Calésiens les chaînes volontaires;
De Bordeaux et de Caen les sceptres tributaires;
Et les flancs divisés des monstrueux vaisseaux
Disputés par la flamme à la rage des eaux,
Quand Jean-Bart et Suffren, fiers vengeurs de la France,
Du commerce enchaîné fondaient la délivrance.
Sur ces feux irrités par la Sédition,
S'élève un noir creuset que tient l'Ambition.

C'est dans ce vase affreux, construit par l'Artifice,
Que s'opère le charme utile au sacrifice;
Ce charme séducteur, invisible lien,
Qu'apprit de l'enfer même un fourbe italien;
Pour sa formation on voit l'Hypocrisie,
L'Orgueil vindicatif, l'ardente Jalousie,
La louche Politique, enfin la Trahison,
Tour à tour dans le vase infuser leur poison;
Ce mélange infernal, bouillonne, s'incorpore;
Sa fumée en encens vers l'autel s'évapore,
Sa couleur incertaine en bouillant s'obscurcit,
Et par degrés enfin en encre se noircit.
Le charme est opéré : l'Ambition avide,
Au sein de la liqueur plonge sa coupe vide,
L'en retire aussitôt, et la Malignité,
Prêtresse consacrée à la Duplicité,
La reçoit de ses mains, sur l'autel la dépose,
Et pour le sacrifice à l'instant se dispose.
Alors la Politique et ses raffinemens,
Le Mensonge effronté suivi des faux Sermens,
S'avancent vers l'autel, rangent auprès du vase,
Du noir Machiavel le détestable ouvrage,
Et sa plume infernale, encor teinte du fiel
Que prépara pour lui l'âpre ennemi du Ciel.
Tout ainsi disposé, l'odieuse prêtresse,
A son horrible idole en ces termes s'adresse :
« O reine des humains, sage Duplicité,
» Qu'enfantèrent le crime et la complicité;

» Toi, que l'Ange tombé du séjour de la gloire,
» Choisit pour assurer sa première victoire;
» Toi, qui dès ce moment fidèle au Dieu du mal,
» Fus le plus ferme appui de son trône infernal;
» Daigne accueillir mes vœux pour la noble Angleterre.
» Tu le sais! Quand l'honneur te déclarant la guerre,
» Te chassait des conseils et de l'âme des Rois
» Pour les assujettir à ses austères lois,
» Sans appui, sans secours, errant de ville en ville,
» En vain tu demandais à l'Europe un asile :
» Ton ardent ennemi, redoublant ses efforts,
» Approchait, l'Océan t'arrêtait sur ses bords;
» Plus d'espoir de salut, la feinte ni la fuite
» Ne pouvaient te soustraire à sa vive poursuite;
» Il allait te saisir et t'accabler des fers
» Qui devaient à jamais t'enchaîner aux Enfers...
» Tout-à-coup un esquif s'approchant du rivage,
» Te reçut, te sauva d'un affreux esclavage.
» Qui prit ainsi pitié de ton affliction ?
» Qui ?.... Tu le sais, Déesse, et la seule Albion,
» Quand l'Europe abhorrait ta présence importune,
» Daigna s'intéresser à ta noble infortune,
» Calma ton désespoir, t'accueillit à sa Cour;
» Et près d'elle voulant te fixer sans retour,
» De ce temple sa main construisit l'édifice.
» C'est là que chaque jour d'un nouveau sacrifice,
» La pompe s'unissant à son humilité,
» Paie un riche tribut à ta divinité.

» Je crois entendre encor, ô Déité puissante,
» L'arrêt que prononça ta voix reconnaissante,
» Le jour terrible et doux où son heureuse main,
» Te sauva des transports d'un vainqueur inhumain.
» Albion, tu seras la maîtresse du monde,
» Ton pouvoir sans rival assujettira l'onde;
» Les précieux produits des plus lointains climats,
» L'or qui germe au Pérou, la Marte des frimas,
» A jamais asservis à ta vaste industrie,
» Des plus riches trésors combleront ta patrie;
» En vain du continent les despotes jaloux,
» Unis ou divisés frémiraient de courroux;
» En vain formeraient-ils la plus sainte alliance,
» Je sèmerai chez eux l'esprit de méfiance,
» Je couvrirai leurs yeux du bandeau de l'erreur,
» Je mettrai sur leurs pas l'inquiète terreur;
» De ton or tentatif leurs ministres esclaves
» Aux plus nobles projets mêleront des entraves.
» Si plus puissant que moi, le destin sur ton front
» Imprimait quelque jour la tache d'un affront;
» Malheur au Souverain dont la funeste audace,
» Servirait d'instrument à ta moindre disgrâce!
» La Discorde à ma voix agitant son flambeau,
» De son trône embrasé lui ferait un tombeau.
» Je veux même, oui, je veux (compte sur ma promesse,
» Ce n'est jamais en vain que jure une Déesse,
« Mes yeux dans l'avenir lisent en ce moment;)
« Elever àta gloire un si beau monument

» Que son éclat brillant sur la race future,
» Ne s'éclipse qu'au jour où mourra la nature. »
» Telle fut ta promesse, ô grande Déité :
» Le temps qui la reçut prouva sa vérité.
» D'un nouvel univers le despote insensible,
» Philippe vit périr cette flotte invincible,
» Qui devait foudroyer nos plus fermes remparts;
» Sur les flots courroucés errant de toutes parts,
» Ses immenses vaisseaux, vils jouets de l'orage,
» Furent tous s'engloutir aux sables du rivage.
» De nos anciens sujets le Monarque orgueilleux,
» Louis osa tenter ce projet périlleux,
» La Hogue confondit sa superbe espérance,
» Et reporta le deuil à l'odieuse France.
» Après mille succès nos illustres guerriers,
» Oubliant les dangers à l'ombre des lauriers,
» Permettaient le repos à la terre alarmée :
» Quand le destin jaloux de tant de renommée,
» Voulut aux yeux surpris du tremblant univers,
» Prouver qu'il n'en est point à l'abri d'un revers.
» Mais quel revers, ô Ciel ! éclaira cette aurore.
» Cette aurore fatale, où..... Pleure, pleure encore,
» Invincible Albion ! Ah ! pleure les enfans
» Que la France arracha de tes bras triomphans.
» Qui pourra réparer ce mal irréparable,
» Quelle main fermera cette plaie incurable ?
» Elle saigne ! Et les ans succèderont aux jours,
» Que ton sang le plus pur en coulera toujours.

» C'est en vain qu'employant d'horribles représailles,
» Tu suspendis le deuil aux lambris de Versailles,
» Et des brandons du Cap incendiant Toulon,
» Poursuivis ta vengeance aux bords de Quiberon:
» C'est en vain que ton or excitant l'anarchie,
» Arracha son vieux sceptre à cette Monarchie,
» Et la couvrit de feu, de sang et de débris.
» As-tu de tant d'efforts recueilli l'heureux prix?
» As-tu vu cette France à sa perte acharnée,
» Livrer au duc d'Yorck sa tête décharnée,
» Ou du tableau du monde effacée à jamais,
» Payer de ses lambeaux chacun de ses forfaits?
» Non! Tu la vis sortir de sa couche sanglante,
» Terrible, l'œil en feu, de rage étincelante,
» Reportant sur ton île un regard irrité.
» Tu tremblas pour ta gloire et ta sécurité,
» Ta prudence fertile, à ce nouveau Cerbère,
» Jetant l'appât trompeur d'une paix somnifère,
» Du confiant Danois captura les vaisseaux,
» Et sembla te soumettre et la terre et les eaux.
» Vain espoir! Secouant sa froide léthargie,
» Tu la vis s'éveiller frémissant d'énergie,
» Et d'un sang allié ses vaillans bataillons
» Des plaines de Fleurus engraisser les sillons.
» Qu'ont servi, de Schérer l'affreuse boucherie,
» L'exil de Dumouriez, les combats de Syrie,
» Les palmes d'Aboukir, le ciel de Trafalgar,
» Malte réduite aux fers, Mayorque, Gibraltar,

» Les bords de l'Amérique et l'Inde presque entière,
» Arborant à l'envi ta puissante bannière ?
» Washington, Caen, Bordeaux vivent-ils sous tes lois !
» Qu'ont-ils fait, qu'illustrer ta ruse et quelques rois,
» La chute du géant dont l'Europe tremblante,
» Ornait en gémissant la couronne sanglante,
» Son retour imprévu, la froide trahison,
» Préparant sa défaite, et creusant sa prison ?
» La France vit toujours ! L'héritier d'Henri-Quatre
» S'il en est adoré, lui-même l'idolâtre,
» Et son fils !... Ah ! ce fils, ô mortelle douleur !
» A conquis les Français charmés de sa valeur.
» Rêve trompeur, hélas ! illusion frivole !
» Carthage voit toujours les murs du Capitole,
» Elle voit au sommet de ce rocher puissant,
» S'agiter de Jean-Bart le spectre menaçant :
» Elle entend cette voix précurseur du carnage,
» Répéter en courroux : « *Français ! à l'abordage.*
Pour dompter l'Angleterre et régner sur les flots,
Armateurs, corps à corps joignez ses matelots :
Que l'espoir du butin vous anime et vous berce,
Unis ou divisés attaquez son commerce.
C'est du faible côté qu'on s'empare des forts,
Et puisse mon exemple animer vos efforts ! »

« Tu l'entends, ô Déesse, espoir de nos murailles :
» Tu l'entends cette voix signal des funérailles :
» Hélas ! ne crains-tu pas qu'un million d'échos
» Ne s'éveillent au bruit de ces terribles mots,

» Et que la France entière, en écumant de rage,
» Ne répète à grands cris : « *Français, à l'abordage !* »
» La paix ! la paix, ô Ciel, pouvons-nous l'invoquer,
» Ne nous a-t-on pas vus cent fois la provoquer,
» Pour l'enfreindre aussitôt que sur la foi jurée
» L'Océan nous offrait une prise assurée ;
» Mais Charles porte un cœur doux et reconnaissant,
» Nous l'avons recueilli dans un danger pressant.
» L'exil..... Camille aussi fuyait le Capitole,
» Et prouva qu'un Romain ne change pas d'idole.
» Jamais le sang d'Henri ne trahit les Français,
» Et Charles, fugitif, admirait leurs succès.
» Tu vois tous nos périls, divine protectrice,
» Étends sur Albion ta main conservatrice,
» Sa gloire fait la tienne, inspire ses amis,
» Divise les conseils de ses fiers ennemis ;
» Qu'à l'aspect de son or, l'Orgueil, la Jalousie,
» Versent dans les esprits leur sombre frénésie.
» Déjà, par ton secours, les vallons de Cusco,
» Les côtes du Brésil, les champs de Mexico,
» Enlevés au pouvoir de la mère-patrie,
» Offrent d'alimenter notre seule industrie.
» Le craintif Portugais, dans le piége arrêté,
» En nos soins protecteurs a mis sa sûreté.
» Pourtant d'un noir souci la douloureuse atteinte,
» Jette au cœur d'Albion le trouble et la contrainte.
» La Grèce, tu le sais, reprenant sa fierté,
» A reconquis ses droits avec sa liberté.

» Tant qu'un souffle d'orage a passé sur sa tête,
» L'Europe s'est montrée insensible et muette,
» Ta voix à l'Angleterre intima le repos.
» Mais aujourd'hui qu'enfin ses glorieux drapeaux
» Des champs de Marathon protègent la poussière,
» Toutes les passions rentrent dans la carrière.
» Cette Europe, naguère insensible à ses cris,
» Qui traitait ses enfans de rebelles proscrits,
» Prétendant enchaîner son vœu patriotique,
» Ose lui présenter son code politique.
» Et c'est, nous a-t-on dit, pour consommer ce plan,
» Qu'un congrès solennel doit illustrer Milan.
» O Déesse, faut-il que simple spectatrice,
» Albion laisse aux Grecs donner une tutrice,
» Et qu'enfin de Paris, Vienne ou Saint-Pétersbourg,
» Hydra, la noble Hydra ne soit plus qu'un faubourg.
» Tu ne peux le vouloir, divinité puissante!
» A toi seule appartient la Grèce renaissante,
» A toi seule appartient le droit de moissonner
» Dans les champs que ses mains viennent de sillonner.
» Accorde ce triomphe à ta fille chérie;
» Que l'Orgueil défiant, l'adroite Fourberie,
» L'Intrigue ténébreuse et la Séduction,
» Préparent au congrès son introduction;
» Que la jalouse France en la voyant soupire,
» Que la reine du Nord trop fière d'un empire,
» Qui ne dût son salut qu'à ses murs de glaçons,
» S'en souvienne, et docile écoute ses leçons.

» Que si l'aveugle audace animant ces vassales,
» Ne les lui présentait qu'en superbes rivales :
» C'est alors que tu dois, sage Duplicité,
» Consacrer tes sermens par l'efficacité ;
» C'est alors qu'Albion, par toi-même inspirée,
» Doit leur montrer son front touchant à l'empirée,
» Ses yeux lançant l'éclair, la foudre entre ses mains,
» Prête à pulvériser les orgueilleux humains,
» Et ses pieds des deux mers embrassant l'étendue,
» Écrasant sans effort leur grandeur prétendue ;
» Que relevant encor cette imposante voix,
» Que jamais sans frémir n'entendirent les Rois,
» Elle doit menacer de sa juste colère,
» L'imprudent qui voudrait tenter de lui déplaire ;
» Pendant que l'Avarice et l'Infidélité,
» Suivant sous son manteau la Libéralité,
» Recevraient les aveux de plus d'un mandataire,
» Des secrets de son maître heureux dépositaire.
» O toi, qui vis toujours, à ta moindre faveur,
» Albion à tes pieds déposer sa ferveur,
» Déesse, de ces mœurs auguste protectrice,
» Souris à ses projets, soutiens-en l'édifice ;
» Que Bellonne à ta voix s'élance des Enfers,
» Que l'odieuse Paix retombe dans ses fers,
» Que du nord au midi, le trouble et le carnage,
» A ta divinité rendent un long hommage.
» Le repos de l'Europe est l'horreur d'Albion,
» Elle attend son salut de sa division !

» Tu l'as prédit, le jour, où ta reconnaissance,
» Promit de tout soumettre à sa vaste puissance. »
A ces mots la prêtresse....

LYCIDAS.

Ah! Monsieur, c'est affreux!
Outrager à ce point l'Anglais si généreux?
Aussi franc que loyal.....

CLÉON.

Au diable l'Angleterre,
Si sa voix doit encor ressusciter la guerre!
J'abhorre tout pays.....

LYCIDAS.

Eh quoi! monsieur Cléon,
Vous aussi, douteriez de la foi d'Albion!
Et cédant en aveugle à des terreurs paniques,
Adopteriez d'un fou les rêves fanatiques,
Seuls dignes de l'Enfer ou d'un parti jaloux?

DAMON.

Et le passé, Monsieur, est donc perdu pour vous?
De peur de fatiguer votre noble mémoire,
Vous n'avez donc jamais interrogé l'histoire?

LYCIDAS.

Lorsque tout des Anglais révère la grandeur,
Pourquoi des temps passés sonder la profondeur?

DAMON.

Pourquoi? Monsieur! ô Dieu! quelle étrange réponse!
Mais l'avenir, parlez, qu'est-ce qui nous l'annonce?
Est-ce le présent seul, qu'un fourbe ambitieux,

Peut d'un voile imposteur déguiser à vos yeux,
Pendant que travaillant à l'ombre des ténèbres.....

LYCIDAS.

Ah! laissez là, Monsieur, tous vos songes funèbres,
Ils pourraient tout au plus occuper des enfans;
Conduisons au Pérou nos drapeaux triomphans;
Entendez le signal, la Castille se lève.....

DAMON.

Vous ne craignez donc pas de ne faire qu'un rêve.

LYCIDAS.

Un rêve!..... Amis lecteurs, n'est-il pas à propos,
De donner à ma plume un instant de repos?
Aussi bien c'est assez, je crois, pour une Epître:
Et, si je n'ai rêvé moi-même à mon pupître
Quand de vous amuser j'ai conçu le désir,
Bientôt je reprendrai ma plume avec plaisir.
Car (j'en fus le témoin), tels que l'onde immobile
Reposant dans un vase ou d'airain ou d'argile,
Commence à murmurer quand le feu l'assaillant,
Enveloppe ses flancs d'un rouge pétillant,
Se gonfle sous l'effort de l'ardente ramée,
Et s'échappe en bouillons entourés de fumée:
Calmes dès le début, mes interlocuteurs
Devinrent par degrés d'acharnés disputeurs,
Qui ne pouvant dompter leur bile opiniâtre,
Ébranlaient des forêts la toîture verdâtre.
De vous en amuser j'ai conçu le dessein,
Et si j'ai réussi, chers Lecteurs, à demain.

www.ingramcontent.com/pod-product-compliance
Ingram Content Group UK Ltd.
Pitfield, Milton Keynes, MK11 3LW, UK
UKHW022157190726
13855UKWH00004B/1518

9 782013 462877